버릇처럼 그리운 것

이순남 시집

버릇처럼 그리운 것

달아실시선
46

달아실

일러두기

1. 본문에서 하단의 〉는 '단락 공백 기호'로 다음 쪽에서 한 연이 새로 시작한다는 표시임.
2. 보조 용언과 합성 명사의 띄어쓰기 등 본문의 맞춤법은 시인의 의도에 따른 것임.

시인의 말

강가를 걷는다.
모래톱에 물결무늬가 찍혀 있다.
순간의 기억이 화인처럼 찍혀 있다.
모래 위에 그때의 기억이 있다.

나이가 들면서
사람의 이름을 부르는 일보다
꽃 이름을 부르는 일이 많아졌다.
말보다 표정으로 이야기하는 경우가 많아졌다.

흘러온 기억의 느낌을 담아
첫 시집을 낸다.

세상의 표정을 알아차리는 연습을 더 해야겠다.

2021년 가을

이순남

차례

버릇처럼 그리운 것

2부

3부

4부

1부

꽃풍등

뿌연 안개 사이로
노란 꽃구름이 떴다

가지와 줄기는 안개 속에 묻어두고
노란 꽃숭어리만 풍등처럼 떴다

이른 봄 산
무더기무더기 꽃풍등 켜지는데
올해 나는 꽃필 수 있는 것일까

깊은 바닥까지 나를 내려놓고
추웠던 밤을 지나면

회한의 새벽안개 속에
스멀스멀 나는 피어날 것인가

심지에 불붙이고
나의 꽃풍등도 산등성이를 타고 날 수 있을 것인가
〉

그곳에 가면
꽃도 태우고 나도 태워
허공중에 자유로울 수 있을 것인가

밑동

밤나무는 원래 거기 있었던 거다

배부른 엄마가 새벽밥을 지으려 종종걸음 할 때도
내가 서투른 걸음마로 돌부리에 걸려 넘어질 때도
밤나무는 거기서 내려다보고 있었던 거다

우리는 나뭇잎도 밤송이도 보지 못하고
우람한 밑동만 보며 자랐다
땅 위로 뻗은 뿌리 사이사이 방 하나씩 차지해서
온종일 사금파리로 밥상을 차려 먹었다

그 황홀한 밥 냄새를 밤나무는
다 기억하고 있었던 거다

우리는 뿔뿔이 흩어져
맞닥뜨린 힘든 고개를
그때 먹은 밥 한 상의 기운으로 넘어갔던 거다

할머니 품처럼 그리운 밤나무는

잘리어
뿌리 사이사이 빈방으로만 우리를 기다리고 있었던 거다

사금파리 밥 한 상 받고 싶어
밑동으로만 우리를 기다리고 있었던 거다

홍련암

낙산사에 가서
까치둥지 같은 홍련암을 안았다

바위 절벽에 아슬하게 붙어
머리 위로 바람을 이고 있었다

좋지 않은 일은 다발로 오고
감당 못 한 가슴 가운데
대못 하나 박혀

마루 틈으로 철썩이는 바다를
들여다보았다

바다도 가슴 가운데
퍼렇게 멍이 들어
시린 눈으로 나를 들여다보고 있었다

부처님 이마같이 윤이 나는
암자의 마룻바닥에 이마를 대고
홍련암을 그렇게 안고 있었다

곱슬머리

엄마의 엄지를 꼭 잡은 작은 손
손금으로 실개천이 흘렀습니다

그 아이의 이마에는
해당화 붉은 꽃잎 피어 있습니다

숨결 따라 흔들리는
노란 배냇머리털이
바닷가 개풀같이 흔들렸습니다

옹알이 속에서 들려오는 해조음
짭조름한 갯내음
한 번도 가보지 못한 시아버지의 고향이
실핏줄을 따라왔습니다

해당화가 지천인
원산 명사십리

대대로 내려온 유전의 내력이
시간의 사행천을 따라 흘러흘러
우리 아기에게도 왔습니다

난시로 보는 바다

수평선이 일어나
바닷물이 뭍으로 몰리고
하늘은 그 밑에 낮게 엎드립니다

하늘과 바다의 경계가 풀어져
세상은 온통
알 속 같습니다

나는 그 사이에
부유하고 있는 작은 흑점으로
무너진 경계 위를 떠돕니다

아련히 들려오는 파도 소리로
위치를 가늠하며
자리를 고쳐 앉습니다

내 체온이 주변보다
낮거나 높다는 것이
조금 특이한 것도 같습니다
〉

시간은 제자리에 맴돌거나 내 곁으로 비껴
중요한 무엇은 늘 곁에 없습니다

난시로 바다에 서면
바다는 형체 없이 소리로만 남고
나 또한 그러합니다

오월 보리밭

바람이 분다
삼단 같은 머리채
너를 향해 눕다
볼 뜨거워지는 햇살
눈을 감아야겠다

구데타마에게

하수구는 막히고 욕실은 온통 곰팡이구나
컵밥 하나로 허기를 때우고 오는
늦은 귀갓길은 뒤통수가 섬뜩하더랬지
자취방 비밀번호를 탐정처럼 누르고 들어간 방구석엔
엎어진 인형이 휜자위 위에서 문질거리며 놀고
너는 책상 위에서 꾸벅꾸벅 하루가 간다지
처지가 같은 너희는 서로 보며 위로받는다고
물컹하고 심심한 그 인형을 선물로 보내왔지
시험 합격까지 세상과의 인연을 끊는다고 탈퇴한 카톡에서
(알 수 없음)이가 저녁 인사를 계속하고 있구나
3년을 지낸 그 동네는 지겹고도 너무나 익숙해서
자전거를 타고 다니는 동네 아저씨가
손 흔들며 인사한다지
언제 그 동네를 떠날 때는
먹먹한 목소리로 인사할 테지
길들은 가끔은 찌그러진 별자리가 되기도 한다구
가장 깊고 어두운 길을 미끄덩거리며 우린 같이 지나왔다구

아버지의 전투

서녘 하늘에
포성이 울리고 있다

검은 구름의 무리가
태양을 공격하고 있다

넘어오는 빛의 선혈이
또 산을 물들인다

열흘에 열두 번을
뺏고 빼앗기던 백마고지

그때 아버지의 전투처럼
고지가 불타고 있다

봉우리에서 쏟아지는 적의 총탄 앞,
오르기를 주저하는 병사의 가랑이 사이
대장의 총알이 또 날아든다
〉

멀어버린 귀속에 포성이 울리고
절명의 고지를
아버지는 오늘 밤도 오를 것이다

전투 뒤에 남겨진
고지의 저녁처럼
서녘 하늘이 불타고 있다

수보자기

도장방 쌀 단지 옆 할머니 궤
납작하게 개킨 한복 몇 벌 들추면
그 밑에 깔려 있던 할머니 수보자기

목단꽃 화려한 양귀를 접고
연 꼬리같이 붙은 끈에 둘둘 말려 있던

몰래
도장방에 숨어들어가
수보를 풀어보면 그 안에는
지전 몇 장과 무엇인가 쓰인 창호지 한 장

귀 어둡고 욕 잘하는 할머니가
스물아홉에 혼자되어 팔십까지
귀히 간직하던 수보

낡은 수보에 손을 넣어
지전 한 장을 빼곤 했던 내가
〉

수보에 지폐 다시
넉넉히 넣어 드리고 싶은
할머니 기일

두 가족

주방 환기구에
딱새 가족이 산다
새벽으로 살에 소름이 돋는 추석 무렵이면
조리하는 내 귀 가까운 곳에
여린 새소리 들려온다
벌서 몇 년째 새소리를 들었으니
대를 이어 사는 듯싶다
내가 듣는 것처럼
새는 우리 가족의 소리를 들으며 살겠다
한 층 알루미늄관 안과 밖에는
바람 나갈 때 미안한 가족과
바람길 막고 있어 미안한 새가
살고 있다
내가 품은 아이들은 비상을 꿈꾸고
아기 새는 포근한 보금자리를 꿈꾸며

무릉계곡

하늘 한 틈에서
큰 울음이
폭포로 쏟아진다

폭포 아래 소沼는
끊기지 않은 물줄기를
다 품어내고 있다

아득한 깊이로
채우고 있다

자식 먼저 보내고
넘치던 무너미가

소沼에 맴돌다
물길을 따라간다

무릉반석에는
버리지 못한 이름들이
가득했다

봉정암 가는 길

제 살을 내어준
바위를 타고
물은 태연히 흐르더라

젊은 사람 쉬어 가는 고개
깔딱 넘어가는 고개

저 할머니
돌산을 손으로 가네
네 발로 가네

제 살 내어준 바위같이
몸 부서지는 아픔은
잊기로 하네

붉은 연등 하나

수렴동 물길 거슬러
돌산을 넘어가네

깨 모종

고랑을 타고 앉아 깨를 심었다
한 걸음 갈 때마다
산통을 하며 깨를 낳았다

앉은걸음으로 한참을 가다 뒤돌아보니
다리에 힘이 풀린 깨 모들이
나를 따라오고 있다

저쪽 늙으신 아버지도
산통을 하신다, 우리 오 남매 같은 깨 모가
줄을 서서 아버지를 따르고 있다

가물고 뜨거운 이 밭에서
홀로 뿌리를 내려야 한다고
아버지는
심는 손에 꾹꾹 힘을 실으셨다

개 짖는 골목

옥상에 개 한 마리가 산다
좁은 골목에 주차를 하고
아이를 기다린다

개는 비웃듯 내려다보며
컹컹 짖어댄다

몇 안 되는 책상, 멀찍이 떨어져 앉은
아이의 책엔 또 얼룩이 진다

짖는 개를 빤히 올려다보며
눈에 독기를 뿜어봐도 그치지 않는다

개 같은 자식은
또 아이를 울려버렸다

나도 눈물이 난다
짖어대는 개를 이길 수 없다

흔적

공사장 변두리 가설 울타리에
접착테이프 조각들이 빼곡하다

조각들은 가까이 가자
하나씩 날개를 달고 날아갈 듯하다

치매로 길 잃은 어머니 얼굴을,
새벽 기차역에 뜨는 해돋이를
끈끈히 물고 있다 이제는

그녀의 머리카락 몇과 역 앞의 나뭇잎만
편편이 끝에 묻히고

나비로 날고 있는
많은 조각들이
군무를 추는 듯하다

부드럽고 끈끈한 힘은
단단하고 억세져
떼어도 지지 않을 흔적을 남기고 있다

놓지 못하고 있다

산신제
—강릉단오

그녀의 어머니도 무당이었다

내 딸입니데이
잘 부탁합니데이

선 딸의 맞은편에 자리를 틀고
무복의 어머니는 꽹과리를 들었다

입술을 깨문
딸의 표정은 굳어 있다

어머니는
고갯짓으로 치고
눈빛으로 치고
손끝으로 장단을 쳤다

딸의 먼 눈길이 어머니에게로 머물렀다
〉

딸의 목청이 터지고 있다

먼 곳을 지나온 듯
쉰 그녀의 목소리에
울컥 눈물이 올라왔다

이금옥 여사

아들 내외 나가 살래도
부득부득 들어와 살고 있다고
귀찮은 듯한 말투에
슬쩍 입가엔 미소가 번졌다.

양지 비탈 함석지붕도
몸 비비고 사는
부구촌 입구에 그녀는 산다.

없는 사람 아픈 데는 많아
영감 수술 바라지에
희망 근로 출근부
이가 여럿 빠졌다.

팔십만 원에서
귀가 빠지는 월급

웬 사대 보험은
오만 원을 넘어가냐고

말끝을 올리던 이 여사

일 있으면
다시 꼭 써달라고

시청 김 주사에게
혀 짧은 소리로
전화를 넣곤 했다.

2부

외국 병

한빛요양원 왕산골 할머니
말 사이에 틀니가 딸깍 딸깍 간섭을 하고
머리는 자꾸 한쪽으로 돌아간다

에마라이를 찍은 뒤
의사는 파킨슨인가 뭔가 하는 외국 병이라 했는데

외국 구경 다니는 사람도 걸리지 않는 병이
팔십 평생 외국이라곤 가보지 못한 내가 왜 걸리느냐고 따져 묻자
의사는 대답을 못 하고 허허 웃더란다

허참, 평생 듣도 보도 못한 외국 병이라니
옆 할머니에게
딸깍 딸깍 하소연을 한다

요양원에서 한 해 여전히 낯설어
물 건너 외국보다
더 멀리 온 듯
〉

지척인 왕산골도 갈 수 없는
딸깍 딸깍 왕산 할머니
신발을 안고 잠이 드셨다

춘분

영동고속도로를 타고 집으로 오는 밤
시린 산이 몸을 말고 있다

산 아랫집
처마 등 곁으로
웅크린 산이 겹겹 모여든다

막 태어난
수빈이를 보러 갔던 날

웅크린 산들이
고 작은 등불을 겹겹이 들여다볼 때

산등성에 봄 오르는 소리가
쌕쌕 들려왔다

백두산

— <안승일 백두산 사진전>을 보고

얼어붙어 깨어질 것 같은 산
맥박이 뛰고 있다

능선의 가장자리가
힘줄처럼 솟아
힘써 자리를 지키고 있다

눈 덮인 능선은 계곡을 안고
계곡은 나무를 안고 있다

나무는 꽃씨를 품고
꽃씨는 새싹을 품고 있다

빙산 깊숙한 곳에서
심장 소리 들린다

빙산이 살아 있는 이유는
꽃을 품고 있기 때문이다

할머니 집

그 집은
개도 짖지도 않고
감은 붉어진다

바람은 찬데
할머니는 빈 의자를
가슴에 얹고

한나절을 문 앞에 앉아
골목만 보고 있다

아들이 집에 안 와
아들이 집에 안 와

할머니는 가슴에
바람이 친다

마당가 감을
등불처럼 켜놓고

할머니는 기다리는 일만 한다

개도 짖지 않는
할머니 집

점자 편지

벚나무 밑으로 편지가 왔다

하얀 눈 위에 점자 편지 왔다

가지에 쌓였던 이야기가

눈물로 맺혔다가 가지 밑에

점점이 글씨로 새겨놓았다

시린 사연인 듯

만져보는 손끝 아리다

가슴에 묻은 이야기 털어낸

벚나무 가지가 가벼워 보인다

망종

비가 좀 오면
깨 모종해야 하는데

열을 내는 밭
지쳐 엎드렸다

비 오면
목마르던 곡석들
춤을 추겠다

빈 하루

그녀 가게 문이 닫혀 있다

텅 비어 있다

딱히 할 말이 있던 건 아니었는데

빈 곳에는 울음이 차 있는 듯

창틀에 기대자 터져 나올 것 같다

잠긴 문 너머 그녀는
어디로 간 것일까

소금물에 절은 앞치마를 공손히 벗어 걸고
하루를 접은 그녀는

뻣뻣해진 몸을
어디다 펼친 것일까
〉

철책에 걸려 꾸덕하게 말라가는 명태같이
하루를 걸어놓고

나는 한자리에서 골똘하다

귀향

세 들어 살던 방에서 이사하려고요

외풍이 심한 방
그 방은 이제 놓기로 했지요

문풍지를 발라도 틈마다 시려
불을 지펴도 코끝은 아린 방

난 시골 내 집으로 돌아갈래요
오래된 기와는 더러 손봐야 하겠지만요

아궁이에 불을 지펴
화로에 담은 알불은
지난 이야기 알음알음 피워주겠지요

집으로 들어가는 좁은 길을 따라
백일홍이랑 족두리꽃
남보라 과꽃도 줄을 지어 심어야겠어요
〉

앞산 백양골에는
할머니가 가르쳐준 다래 순과 원추리
소복 자랄 거고요

봄나물로 만든 아침 밥상에는
아지랑이가 피어나겠지요

해가 지면
작은 소반에 하얀 종이를 펴고
양떼구름을 그려볼 참이에요

소줏밥

된장국에
석쇠에 남은 몇 절음 고기와 밥을 넣고 밥알이 푹 퍼질 때
숟가락 가득 퍼서 먹는 소줏밥

우리 친구 명자가 붙인 이름이다

동창회장을 맡은 명자가
모임이 다 끝나가는 데도 오질 않더니,
식탁 밑 숯불이 거물거물
눈을 내리깔 때 나타났다

자, 건배

화려한 인생 이면에 내려앉는 쓸쓸함마냥
소주 한잔 후 남는 헛헛함
푹 퍼진 밥 한술로 꾹 꾹 채운다

오늘은 보험 계약도 한 건 마쳤겠다
집 나간 신랑 없어도

옆구리 쿡쿡 찌르는 세상 받아줄 만하다

올가을엔 여고 교복 입고 경주로 수학여행 다시 가는 거다

취기와 허세와 밥이 함께 발을 뻗어 앉고
다시 피는 숯불로
뚝배기엔 빠작빠작 밥이 타기 시작했다

고택 음악회

배나드리 선교장 기왓골에
해금 한 자락 나려와
활래정으로 고여 든 뒤
놀보가 화초장을 지고
앞마당을 지난다
화초장 화초장 외고 가다
돌멩이에 걸려
고 이름을 잊어버렸네 그려
장화초 초장화 고초장
마당에 깔린 자갈돌이 와르르 웃고
사람들은 얼쑤 추임새를 넣는다
대금 소리가 가슴을 베더니
쑥대머리가 절절히 고개를 숙인다
울담 소나무 숲은
바람 한 자락에 비나리를 풀고
밤이슬에 촉촉이 젖은 사람들은
운정교를 지나서 갔다

수평선

맞닿은 팽팽한 긴장

솟구치려는 것과
내리누르는 것

내보내려는 것과
끌어안고 싶은 것

가고 있는 것
가면 안 되는 것

그래서
움직이지 않는 수면

도대체 이 마음은 무엇

변검

시청 강당 단상 위로
수많은 눈이 스포트라이트를 보낸다

석고상처럼 경직된 수상자들이
고장 난 로봇처럼 어색하다

봉사상을 받는 저 아주머니
슬픈 일 많았던 듯
얼굴에 근심 가득하다

하나둘 셋
기념사진을 찍는 순간

하회탈이 되었다가 순식간에
슬픈 석고상으로 되돌아왔다

얼마나 많은 탈을 벗어내야만
아주머니와 나는
본래의 얼굴로 돌아갈 것인지

꼬순이

전생이 개였을 것 같은 나와
인간의 말을 알아듣는 강아지와 산책을 간다

고집 센 강아지는 먼 길을 돌아가려고 하고
나는 지름길로 가려고 한다
목줄을 팽팽히 당기며 힘겨루기를 한다

꼬순이는 풀냄새를 맡고
나는 지나온 일을 뒤적이며 걷는다

꼬순이는 잔디밭에 배를 깔고 날아가는 새를 보고
나는 싱크대에 쌓인 그릇들을 생각한다

꼬순이는 따라오는 수캉아지에게
눈도 주지 않고 가는 길을 간다

삼창연립 옆 골목을 지나
논둑길 풀 위에서 응가를 하고
기어코 남산공원으로 발길을 돌린다

강아지는 나를 끌고 두 시간이나 다닌다

감자

감자꽃 지고
잎줄기도 말랐다
땡볕에 아낙이 감자를 캔다
알을 품은 어미 닭같이
성긴 뿌리는
감자알을 꼭 품고 있다
검은 흙 속에 해맑은 감자들이
햇병아리같이 깨어난다
태어나 처음 눈을 맞춘 아이의 눈빛을 닮았다
밭고랑에 옹기종기 모여
둥근 숨을 쉬고 있다
오늘 저녁 아낙의 집 저녁 밥상
감자를 먹는 식구들
영혼에 불 켜질 것 같다

손님 접대

산 밑 수무골에 출장을 갔다
축사 주인 어디 가고
조그만 강아지 한 마리가 나를 반긴다
음전한 황소들은 예를 다하는 듯 하나둘 일어서더니
맑은 눈으로 나를 지켜보고 있다
새로 설치한 목걸이와 물통의 개수를 확인하고
사진도 찍고 소 숫자도 세어보고
나오는 길이 뭔가 아쉽다
얼굴이 넓적하고 어깨가 우람한 소들이
듬직한 장정처럼 느껴지는 것이
친구를 남겨두고 떠나는 심정이다
어느 전생에 저들과 둘러앉아 탁배기 한잔을 같이했을 듯도 싶다
축사를 나서니
강아지가 차까지 따라 나오고
나가는 내내 소들이 눈길을 떼지 않는다
주인 없는 축사
짐승들이 손님 접대를 한다

시금치 한 단

사기막 옥순 아즈매는
일찍 혼자되어
농사일로 아이들을 키웠다

작은 체구에 어디서 힘이 나는지
손 많이 가는 밭일을 다해내고도
집 안 구석 손 갈 데 없이 깔끔하다

이제 나이 드니 일이 버겁고
남에게 밭 가는 것 맡기기도 눈치가 보여
관리기 한 대가 꼭 필요하다고 했다

마침 시에서 지원하는 사업이 있어
신청서를 넣어 드렸다

그리고 나는 다른 곳으로
이동이 되었는데

손에 웬 비닐을 안고

옥순 아즈매가 날 찾아왔다

관리기를 지원해주어
농사일이 수월해졌다고 한다
덕분이라는데 사실 난 별로 한 일이 없다

오는 길에 팔다 남은 시금치 한 단
갖다 주고 싶다고

쌀 것이 없어 바닥에 깔던 비닐에
둘둘 말린 시금치 한 단을
얼른 안겨주고 갔다

3부

줄

그해
옥희 언니 집에서
속눈썹 가발을 만드는 수공 일을 했다

얇은 줄 양쪽을 고정된 대에 걸고
그 줄에
머리카락을 매달았다

머리에 코가 달린 바늘로
조심조심 머리카락을 떠 걸어가다 보면
줄은 어김없이 끊어지고 말았다

하루 종일
공을 들여도
눈꺼풀 한쪽이 완성되지 않았다

줄이 끊어지는 순간
해도 해도 벗어나지 못하던
어린 시절의 가난처럼 무력해지기만 했다
〉

손은 아직
그 감각을 기억하고 있다

애를 쓰면 쓸수록
줄은 나를 견디지 못하곤 했다

그 줄을 잣바듬히 잡고 지금까지 왔다
그러나 가끔 삶은 파르르 떨며 끊기기도 했다

사과

내려다보이는 게
싫었다

장바닥에서
사과를 팔던 엄마

쌓인 사과 더미 밑으로
숨고 싶었다

엄마는 하루 종일
나무 밑동처럼 앉아
뿌리가 내릴 것 같았다

나무껍질 같던
엄마의 손이
봉지에 사과를 담아 주고

바닥에 깔린
초록색 보자기가 보이기 시작하면
〉

그제야 우수수 먼지를 털고
일어서셨다

한 더미
붉고 둥근 사과는

교복도 되고
운동화도 되고

어떨 때는
싸움질로 부러진
코뼈가 되기도 했다

사춘기

개구리 알처럼 미끄덩거리며

언니와 내가 함지박 안에서
목욕할 때

겨드랑이 간질거리는 거품
목 안쪽에서 넘어오는 부끄러움

성긴 정지 문틈으로
누군가 보고 있는 듯

봉긋해지는 가슴
손으로 가리면

꽃술같이 일어나던
초여름 화단에서 붉은 맨드라미 같은

막걸리

질항아리 울타리 안에서
세상의 상처를 앙금처럼
남기던 알알한 나

이제 물을 붓고
포용할 수 없었던 고두밥과
누룩처럼 곰팡 진 마음을 넣고
열흘간 한 열흘간
뚜껑을 닫고 침잠

걸러야지
체에 걸러야지
걸리는 건 다 버리고
남겨진
탁한 물 한 사발

봄

꽁지에 밀집을 꽂아 불면
빵빵해지던 개구리 배

입이 A자가 되어
지친 개구리를 내팽개쳤던 봄

스쿨 스쿨 스쿨
티쳐 티쳐 티쳐

앞서가던 영순이가 길섶에 흘린
영어 단어

스쿨? 스쿨? 스쿨?
티쳐? 티쳐? 티쳐?

중학교를 못 간 내가
영어 단어를 주우며 가던 길

네모나게 생긴 것은 다 미워

책같이 생긴 것은 다 사무쳐

모내기 끝난 논둑에 앉아
팔뚝질하던 봄

엘리제를 위하여

교생 선생님의 마지막 수업 날

우리는 선생님의 첫사랑 이야기를 졸라 들었다
선생님은 끝인사 대신 음악을 들려주었다

화단에는 금계국이 무리 지어 피었고
뽀얀 안개가 운동장에 머물러 있었다

막 피어난 꽃송이 같던 우리는
엘리제가 되어
아름다운 사랑의 날을 꿈꾸었다

비가 자주 오던 초여름
일찍 키가 큰 꽃대는
우리처럼 숙성했다

꽃빛보다 환한 그날을 그리며
우리는 안개 속으로 스며들었고
〉

'엘리제를 위하여'가 들릴 때마다
그날의 꽃밭이 펼쳐지곤 했다

골목

학교도 못 가고
취직도 못 한 내가
쫓겨 든 서울의 한 골목

좁은 자취방 허연 한기 옆에
할딱이는 생명 하나가
바깥벽에 붙어 있다

누군가의 발자국 소리
떨리는 심장 소리, 가쁜 호흡이 벽을 타고 넘어왔다

산동네 고샅길로
월부 책을 팔러 다니던 고단한 나도
숨이 차다

벽의 안과 밖에서
우리는 생의 한 시점을 견디고 있다

데모하다 수배된 학생이었을까

지갑을 훔치다 들킨 소매치기였을까

다급한 호루라기 소리
발자국 소리 불안한 숨소리
같이 다독이다 새벽이 오고

서둘러 나가본 골목은
아무에게도 관심이 없다

무게

강변 고수부지에
롤링 웨이스트가 혼자 흔들린다

누군가가
자신의 무게를 남겨놓았는지

한참을 지나고 뒤돌아봐도
그대로 흔들리는 기구

온몸을 꼿꼿하게 모아
수평으로 공중을 가르던
힘의 여운이
한쪽에서 한쪽으로 옮겨간다

더 나아져야 한다고
초조한 나를 움직이게 하는 무엇처럼
기구는 멈추지 않는다

어머니는 매일

일곱 관 과일을 이고 삼십 리를 걸어
시장 어귀에서 팔았다

먼 길 가신 어머니의
일곱 관 과일이 너무 무겁다

중심에서 떠나지 않고
롤링 웨이스트를 밀고
나를 밀어주고 있다

심통이 속

심통이를 사서
뜨거운 물에 표피의 끈적한 것을
때처럼 밀어내면
한 보름 안 씻다가 목욕탕에
다녀온 겨울 살처럼 반들반들 윤기가 난다
빵빵하게 부른 저놈의 배는
무엇이 들었는지 앞에서 주눅이 든다
부푼 꿈이 있어서일까
저 배를 갈라 속을 보고 싶다
배 속의 정체를 알고 싶다
배를 가르자 허망한 풍선이 터져버린다
싱크대에 널브러진 꿈의 정체를 살핀다
속을 내보인 비린 내장을 본다
비린 내 속이 보인다

신부

단단한 근육의 서어나무 곁에
쪽동백이 섰다

가는 몸피에
둥근 잎 참 많이도 올렸다

노거수 그늘 밑에서
침엽수 잎 가까이서
참 곧게도 컸다

척박한 땅에서도
단단히 뿌리를 내려놓았다

햇빛 쏟아지는 숲에
이파리가 보석처럼 빛나고 있다

걱정 속에 자라던 너의
결혼식

곧은 서어나무 곁에
쪽동백이 웃고 있다

감

감잎이 우리 집 움메소 귀만 해질 때
우쭈쭈 우쭈쭈 감꽃 핍니다

엄마뽀 엄마뽀
뽀얀 볼의 아가가
입술 내밉니다

살랑 바람 불면
나뭇잎으로 눈 가리고
까꿍놀이 하다

초록 엄마 치마폭에 쌓여
까르륵 까르륵
아기가 웃습니다

오동통 오동통
살 오른 아기들이
지나가는 바람 부끄러워 볼 붉었습니다

목백일홍

꽃 피면
나 본 듯해

예전
아저씨는
집집마다 꽃 묘목을 나눠주었다

기운 담 옆
백일홍 나무 힘들다

아저씨를 따라갈 듯
길쭉하니 하늘로 길을 낸다

올해는
아저씨가 다녀간 듯
가문 몸에 한두 송이 꽃 핀다

비틀어진 몸을 따라왔다 가셨는지
가지에 희뜩희뜩 검버섯 핀다

문상

실컷 드시고 가시라고
됫병 소주를 들고 문상을 갔다

취한 친구 아버지가
사진틀 안에서 내려다보고 있다

마루 위에서 무좀 발을 긁으며
내려다보던 그 모습처럼

울고 싶었지만
눈물이 나지 않았다

헛간으로 숨던 엄마
군용 모포를 뒤집어쓰고
떨던 동생들의 울음

그날의 모포 밑 울음 끝으로
달려가기만 했다
〉

역할을 놓아버린 가장의
퍼런 자존심이
이제는 사진틀 속에서 맥을 놓고 있다

면목 없는 아버지의 마음을
사진틀 속에 감추고
상복의 자식들을
내려다보고 있었다

오늘은
당신의 심한 무좀 발을
보여주지 않으신다

갑상선 수술

동막골에서
자라목이 되어 고구마를 이고 오던 처녀가

30번 버스를 타고
시내로 출입이 잦아진 그때부터였나

도시가 내려다보이는 도서관에서
늘 허기를 느꼈던 것은
불손한 감정이었나

태어났던 마을을 벗어나
다른 지평에 발 딛고자 했던 것은

내 목에 머물러
비상을 꿈꾸던 나비의
날개를 잘라버린 이유였었나

나비 날개를 닮은 갑상선
한쪽이 잘려져버린 것은
〉

내가 밟은 세상이나 단단히 딛고 서라는
그분의 의중이었나

겨울 언덕

바람 불던 언덕 위에서
뒤돌아보지 않고 걸었다

문제는 투명한 비닐 가방같이
모든 것을 내보이고 살았던 것이었다

가방 속에
궁색한 살림을 내비치면서도

치장하고 가린 것은
왜 위선이라고 생각했을까

패를 보여준 화투판같이
다 보여주면 지는 것이다

내가 가장 낮았던
겨울 언덕을 딛고

하얀 입김을 설설 불며

고갯길을 내려왔다

가지 사이에서 빠져나온 바람이
뼛속으로 스몄다

도서관에서

친구와 속살거리는 어린 소녀의 말소리
뒤꿈치를 끌고 가는 발소리
장자를 패러디하며 사는 소설가의 숨소리

책을 덮는 소리
가방에 지퍼 잠그는 소리
소년의 기침 소리

출입문 여닫히는 소리
자동차 시동 걸리는 소리
창문을 흔드는 바람 소리
책 속에 대붕이 깃을 치는 소리

의자가 지르는 비명 소리
떨어져 굴러가는 연필 소리
내 움츠린 어깨에 날개 돋는 소리

4부

건망증

엄청 낯익은 사람을 보고
반갑게 인사하고 돌아섰는데
누군지 영 생각나지 않는다

입꼬리 살짝 올리며
턱을 약간 쳐들고 웃는 모습
참 많이도 익숙하다

지금 미운 사람
하얗게 흘겼던 눈길들 잊고
세월이 지나 웃는 모습만 남아

이렇게 반가우면
참 좋을 듯하다

다시는 안 본다고
뒤돌아섰었지만

또
예쁜 설렘으로 다가가고 싶다

나사못

식탁 모서리를 물고 있던
나사못 하나 빠져나가자

식탁 다리가
패잔병처럼 무릎을 꿇는다

모서리에서 나사못이
안간힘을 쓰며 버틴 흔적을 본다

저 식탁에 몸을 의지하고
먹었던 편안한 저녁이 송구해진다

나사못같이 틈새를 메워주던
한 사람이 떠나갔다

그녀의 빈방 가족사진 속
미소만 남기고

여기

산 오르는 길
너무 힘들어

이제 내려가야 하나
더 올라가야 하나
저 바위까지만 가자고 용을 쓴다

쉬어 가려 앉은 바위가
온통 꽃무늬다
때죽나무 꽃 몇 점이
또 떨어진다

어린 꿈속에 들어와 있는 듯
주변이 환해진다
숲속 궁전 공주처럼
나풀나풀 춤추고 싶다

숨 가쁘게 올라온 비탈길도
돌아보니 흩어진 꽃잎 길이었다
〉

내가 꿈꾸던 그 자리가
여기인 듯싶다

휴가

야자수 나무 하나를 눈에 넣고
맹그로브 숲을 넣고
푸른 바다를 넣고
물고기 한 마리를 넣었다
오늘은 물결치지 않는다
세상도 나도 정물이다
풀밭에 떨어진 플루메리아처럼
고개를 젖힌다
이국의 하늘은 들떠 있고
해먹 곁으로 바람이 흩어진다
애드벌룬처럼 가벼워져
떠오르고 있다

여기서 나는 오롯하고
모두 멀리 있다

대궁산성

산꼭대기는 험한 바람이 자주 불었고
나무들은 키를 낮추고 움츠러들었다

속 궁근 갈참나무는
태풍 부는 날 몸 수그리지 않았다

바람에 맞선 몇 그루가
생을 마감했다

부러진 몸은 무기가 되어
주위의 나무들을 지켜낸 듯했다

나무는
생의 마지막을 위해 속 궁그려놓은 것일까?
몸 가볍게 하고 천상으로 떠난 것인가?

아프고 깊은 밤을 견디고
핼쑥해진 나무들이 서 있었고

길을 막고 쓰러진 큰 나무 아래를
고개 깊숙이 수그리며 지나가야 했다

아버지의 이야기

사방엔 눈이 하얗게 쌓였던 날 새벽
송 씨 며느리가 대보름 약밥을 찌고 있었지

그때 큰 호랑이가 부엌 거적문을 밀고 들어와
그만 며느리를 물고 가버렸어

날이 밝자 동네 사람들은
창이며 활이며 무기를 들고
호랑이를 잡으러 나섰지

그런데 눈에 찍힌 발자국을 보니
호랑이 발자국 앞에 며느리의 맨발 자국이
눈 위에 찍혀 있었던 거야
호랑이가 사람을 물고 간 것이 아니고
혼을 빼서 앞세워 걸려 갔다는 거지

안심골 호랑이 굴 앞
며느리의 주검이 발견되었지
〉

사람들은 창이며 화살을 사정없이 호랑이 굴로
던져 넣었어
호랑이는 큰 발로 화살을 턱턱 막아냈다는군

마침 호랑이가 큰 입을 벌려 포효할 때
아가리에 창을 꽂아 넣은 사람이 있었어

그분이 바로 너희들 고조할아버지였다
호랑이와 힘을 겨루며 안으로 안으로 창을 밀어 넣었지

집 앞 오래된 감나무에 호랑이 가죽을 걸어서 말리는데
꼬리가 땅에 닿을 정도였대

일제 시대 공출로 빼앗겨버린 할아버지의 창에는
호랑이 이빨 자국 세 개가 선명히 남았었지

그 창을 가보로 남겨두었어야 하는데
느들이 그걸 봤어야 하는데

산책

그늘에 서서
변명을 자꾸 생각했다

내가 움직이지 않는 건
더위 때문이라고

아카시아나무 아래였다
수척해진 잎 뒤로
열매가 영글고 있었다

앞에 오는 사람을 마주칠 용기가 나질 않았다
꼬투리를 만지다 잎을 땄다

옆을 지나는 그림자만
쳐다봤다

내가 가장 작아지는
정오에 왜 집을 나왔을까
〉

견디기 힘든 더위 때문이라고 생각을 했다
아카시아 열매는
좀 더 여물어야 한다는 생각을 했다

빅뱅

그날

하나였던 세상
천둥 소리치며 흩어졌고, 그 진동

아직

까만 가슴 울리며
남아 있다더라

우리

유리로 만든 심장 깨어져
별로 태어나고

그 사이

은하가 흐르기 시작했다더라

인연

생을 건너온
낯익은 눈동자를 만나도
모른 척하기

많은 날들을 살아와도 익지 않은 어색한 몸짓
다음 생에 만나도 서툴 것이리

어쭙잖은 만남에
어쩔 줄 몰라
깊은 생채기만 남기게 되리

그저 느티나무 길을 거슬러 가다
남쪽 지방의 어느 봄풀로나 피어
어 벌써 여기는 봄이 왔나 봐
가벼운 감탄으로 기억되기만 하리

그가 지나가는 길가에 피어 있으리
낯익은 눈빛을 모른 척하리

마지막 인사

탈 많고 말 많은
바닷가 마을
영제 이장이 취임하고부터
마을이 조용해졌다

동생 나이 벌 영제 이장은
온순하고 성실해
면사무소에 오는 날이면
믹스커피 한 잔은 꼭 챙겨주곤 했다

자꾸 수척해지는 이장이
뜸하게 보이지 않더니
오랜만에 안부를 전해왔다

멀리 갔다 온다고 했다

척 보니 해외여행 가는 것 같은데
올 때 선물은 잊지 말라고
너스레를 떨었드랬다
〉

병실에 그가 있었다

어린 아들은 힘들게 숨 쉬는
아빠 손을 놓지 않았지만
그때 온 전화가 마지막 인사라는 걸 알았다

멀리 갔다 온다고 했다

너도 나도 잊지 않고 있다

웅크렸다 일제히 튀어 오르는 팝콘같이
남쪽에서 오는 버스는 봄을 달고 도착한다

해안선을 따라 사구를 지나며
봄꽃을 피우며 다가오고 있다

만개한 벚꽃이 줄을 지어 도열하여
바람에 일렁이고 있다
꽃잎에 비친 세상이 아름답다

이대로 그대로
한 달만 갔음 좋겠다

너도 나도 잊지 않고 있지만
버스는 또 다른 계절을 달고 왔던 곳으로 간다

낙엽이 잘게 잘게 부서져 내린다
철없는 지난날이 조각조각 부서진다
추억의 흔적들이 사라져간다

니가 곁에 없어서 좋다

니가 곁에 없어서 좋다

악다구니하며
흩어진 반찬을 쓸어 담을 때

가을은 이렇게
물들기 전에 떨어져 흩어졌구나

아, 니가 없어서 좋다

바닥에 묻은 김칫국물을 훔치는
나는 이렇게 낮아져버렸구나

식은 밥덩이처럼 걸려
목메던 니가
이런 내 옆에 없어

다행이다
정말 다행이다

강진기행
—다산 초당

이녁의 노랑 저고리가 찻빛으로 바래어
찻잔 속에 소용돌이칠 때

뒷문을 열고 나가
댓잎을 헤쳐
붉은 동백을 보고야 말았네

땅 위로 툭툭 불거진 뿌리를 따라
왔던 곳으로 되짚어갈 수 있다면

밑단 흙먼지 털며 걸터앉아
바다를 가슴에 앉힐 수 있다면

가득했던 바다가
검은 갯벌로 드러나면

떨어진 동백을 손에 안고
늦도록 숲길을 걷네
〉

시들지 않고 떨어진 동백마냥
빛나지만 아린
봄날

물건을 정리하며

잘 버리지 못 하겠다

누군가에게서 받은 볼펜이며
향수병이며 탈바가지가 달린 목걸이도
십 년도 넘게 곁에서 뒹군다

십 년도 넘게 버리지 못한 수첩들도
끝이 누렇게 변하여 주변에 쌓여 있다

정말로 다 버리고
가볍게 살기로 작정을 한다

한 장 한 장 수첩을 넘겨본다
수첩 모서리에 쓰인 글자들을 본다

옛날이나 지금이나
마음 갔던 것은 늘 그대로다
눌려 있던 마음의 짐을 벗어나지 못하겠다
〉

할머니는 저승길 무겁지 않게 입던 옷을
정리하신다 했다

무겁지 않게 가야겠다
다 버려야겠다

초생달을 머리에 꽂고 오는 저녁

늦은 퇴근을 한다

이제 정년퇴직이 다가오는데
마무리가 잘 되지 않는다

이가 없으면 잇몸으로 살아간다고
선배님들은 말씀하셨다

내가 없어도 세상은 잘 돌아갈 것이다
조직의 그물은 단단할 것이다

가끔은
남대천 청둥오리가 자맥질을 하는 강변을 따라
바다까지 이어진 둑길을 걷고
퀸의 노래나 들으며 빈둥거려볼까

천천히 저무는 하루
오롯한 나의 하루가 기다려진다
〉

버릇처럼 그리운 것을
찾아봐야겠다

참 애썼다 그것으로 되었다*

* 정영욱 에세이집 『참 애썼다 그것으로 되었다』를 차용.

안목 하구

억새의 성성한 머리로
바람이 가르마를 타며 지난다

바다로 가는 강물은 바쁘지 않고
물결무늬는 조금씩 다르게 변하며 간다

개망초는 다시 꽃 피운 홀씨를
부풀려 날리고

앞서 걷는 노인의 흰머리가
홀씨같이 흩어진다

힘들게 붙잡고 왔던 날들이
바람에 떠올라 허공으로 흩어진다

바람 부는 강 하구에서는
강을 따라온 길도 끊어지고

단단했던 모든 것들이 몸을 풀어
흩어지고 있다

해설

가난과 연민이 그려낸 자화상

이홍섭(시인/ 문학평론가)

1. 결핍, 혹은 결락

시인은 자신의 결핍을 언어를 통해 메워나가기 위해 고투하는 자이다. 시인을 일러 결핍을 먹고 사는 자라고 말하는 것은 이 때문이다.

결핍(缺乏)과 인접한 말로 결여(缺如)와 결락(缺落)이 있다. 세 단어는 "있어야 할 것이 부족하다"라는 뜻을 공통적으로 함의하고 있으나, 이 중 결락은 앞의 두 단어와 그 결을 달리한다. 결락은 있어야 할 것이 빠져버린 상태를 말하기 때문이다. 모자라는 것과 아예 빠져버린 것은 다른 것이다. 모자라는 것은 메워나갈 수 있지만, 아예 빠져버린 것은 메워나갈 수 없다. 그것은 곧 허방 속을 헤집고 다니는 것과 같다.

한 시인이 시를 계속 써나가는 것은 기실 이 결핍과 결락의 경계를 오가는 것과 같다. 그렇지 않다면 결핍이 메워지는 순간, 메워졌다고 느끼는 순간, 시는 멈춰져야 하는 것이 마땅하지 않겠는가. 어쩌면 시인은 결핍을 결락으로 느끼며 살아가고 있는지도 모른다. 시의 언어가 결핍을 결락으로 끌고 가려 하는 마력이 있는지도 모른다. 어느 쪽이든 시를 쓰는 한 이 고투는 계속될 수밖에 없다.

수평선이 일어나
바닷물이 뭍으로 몰리고
하늘은 그 밑에 낮게 엎드립니다

하늘과 바다의 경계가 풀어져
세상은 온통
알 속 같습니다

나는 그 사이에
부유하고 있는 작은 흑점으로
무너진 경계 위를 떠돕니다

아련히 들려오는 파도 소리로
위치를 가늠하며

자리를 고쳐 앉습니다

내 체온이 주변보다
낮거나 높다는 것이
조금 특이한 것도 같습니다

시간은 제자리에 맴돌거나 내 곁으로 비껴
중요한 무엇은 늘 곁에 없습니다

난시로 바다에 서면
바다는 형체 없이 소리로만 남고
나 또한 그러합니다
—「난시로 보는 바다」 전문

위의 작품은 표면적으로 난시로 보는 바다가 주는 감각의 변화를 다루고 있다. 시각, 청각, 촉각의 감각적 이미지가 시의 표면을 이끌어가고 있다. 그런데 이 시에서 주목되는 것은 마지막 연 바로 앞에 등장하는 "시간은 제자리에 맴돌거나 내 곁으로 비껴 / 중요한 무엇은 늘 곁에 없습니다"라는 부분이다. 구체적, 감각적 이미지로 이어지는 앞의 연들과 달리 이 연은 추상적, 인식적인 기술로 이루어져 있어 돌연한 느낌을 준다. 이 연 다음에 이어지는 마지막 연이 제목과 부합되게 다시 시각, 청각의 결합으로 마무리되어지는 것만 봐도 이 연의 돌연성은 특별하다. 이 돌연한 구절은 평이하게 전개되던 흐름에 웅덩이 하나를 파놓으면서 읽는 이로 하여금 시인이 말하고자 하는 바에 대해 숙고하게 만든다. 이 구절로 인하여 뒤의 마지막 연이 힘을 받는 형국이다. 만약 이 연이 없었다면 이 시는 평범한 감각적 이미지의 나열에 그쳤을지도 모른다. 시간이 제자리에 머물러 변화하지 않거나 내 곁으로 비껴간다는 인식과, 중요한 것은 늘 곁에 없다는 인식은 결핍과 결락의 경계선상을 오가는 인식이다. 나의 삶에서 모자란 것인지, 아니면 아예 없는 것인지에 대한 확증이 없는 상태, 이 모호함의 경계선상을 시인은 고통스럽게 오간다.

2. 가난의 시간

첫 시집은 시인의 결핍, 혹은 시인의 결락이 선명하게 드러나는 핏빛 격전의 자리이다. 좋은 시인은 첫 시집이 선연하게 드러낸 이 핏빛 격전의 힘으로 시 쓰기를 지속한다. 이순남의 이번 첫 시집에서 가장 두드러진 격전의 대상은 '가난'이다. 아니 가난 그 자체가 아니라 오래 지속되었던 '가난의 시간'이 남긴 상처와의 싸움이다. 가난이 시의 소재가 되는 경우는 많지만, 가난이 시의 밑자리가 되는 경우는 그리 많지 않다. 가난이 시의 밑자리가 되기 위해서는 그 강도뿐만이 아니라, 그것이 지배한 시간 역시 중요하다. 아래 시들은 이 강도와 시간이 얼마만큼 시인에게 큰 영향을 미쳤는지를 실감나게 보여준다.

꽁지에 밀집을 꽂아 불면
빵빵해지던 개구리 배

입이 A자가 되어
지친 개구리를 내팽개쳤던 봄

스쿨 스쿨 스쿨
티쳐 티쳐 티쳐

앞서가던 영순이가 길섶에 흘린
영어 단어

스쿨? 스쿨? 스쿨?
티쳐? 티쳐? 티쳐?

중학교를 못 간 내가

영어 단어를 주우며 가던 길

네모나게 생긴 것은 다 미워
책같이 생긴 것은 다 사무쳐

모내기 끝난 논둑에 앉아
팔뚝질하던 봄
—「봄」 전문

위의 작품은 마치 한 장의 그림처럼, 한 편의 짧은 영상처럼 군더더기 없이 가난의 실상을 날것으로 보여준다. 전쟁의 폐허를 딛고 자라난 세대와 급격한 산업화·도시화를 겪은 세대 사이에 끼인 시인의 세대는, 가난을 자양분으로 삼아 자라났다고 주장하기에도 난감한 세대라는 점에서 시인이 보여주는 이 가난의 실상은 참으로 도저하다고 할 수 있다. 우리는 전 세계적으로도 극히 예외적인 급격한 산업화와 도시화를 이룬 나라에 살고 있어서 가난을 체화할 시간도 제대로 갖지 못한 채 심각한 빈부 격차 속으로 빨려 들어갔다. "늙으신 아버지"가 오 남매를 데리고 깨 모종을 하는 장면을 그리고 있는 시 「깨 모종」은 "가물고 뜨거운 이 밭에서 / 홀로 뿌리를 내려야 한다고 / 아버지는 / 심는 손에 꾹꾹 힘을 실으셨다"라는 구절로

갈무리된다. 산업화·도시화의 파고에서 비껴나 있는, 마치 고립된 섬에서 지속된 듯한 이 가난의 시간은 기실 도시의 변방 농촌에서 일어난 현실이었는데도 불구하고 단지 우리가 눈길을 주지 않았거나 쉽게 잊어버리고 있었는지도 모른다. 위의 시 「봄」은 군더더기 없이 날것의 실상을 그대로 보여주며, 이 가난의 시간을 되살려주고 기억하게 만드는 힘이 있다.

내려다보이는 게
싫었다

장바닥에서
사과를 팔던 엄마

쌓인 사과 더미 밑으로
숨고 싶었다

엄마는 하루 종일
나무 밑동처럼 앉아
뿌리가 내릴 것 같았다

…(중략)…

한 더미
붉고 둥근 사과는

교복도 되고
운동화도 되고

어떨 때는
싸움질로 부러진
코뼈가 되기도 했다
—「사과」 부분

온몸을 꼿꼿하게 모아
수평으로 공중을 가르던
힘의 여운이
한쪽에서 한쪽으로 옮겨간다

더 나아져야 한다고
초조한 나를 움직이게 하는 무엇처럼
기구는 멈추지 않는다

어머니는 매일

일곱 관 과일을 이고 삼십 리를 걸어
시장 어귀에서 팔았다

먼 길 가신 어머니의
일곱 관 과일이 너무 무겁다

중심에서 떠나지 않고
롤링 웨이스트를 밀고
나를 밀어주고 있다
—「무게」 부분

위의 두 작품은 시인에게 있어 가난의 기억과 가난의 시간이 얼마나 오랫동안 지속되었는지, 그리고 시인의 정서와 세계관 형성에 어떤 영향을 미쳤는지를 잘 보여준다. 앞의 시 「사과」에서 어머니가 팔던 사과는 부끄러움의 상징이자 어머니에 대한 송구함의 상징이다. 그리고 이러한 가난이 남긴 상처는 자존감의 문제와 연결된다. "내려다보이는 게 / 싫었다"라는 표현이 다른 시들에서 '낮음'에 대한 표현으로 전이되는 것이 이를 증명한다. 시인은 "내가 가장 낮았던 / 겨울 언덕을 딛고"(「겨울 언덕」), "바닥에 묻은 김칫국물을 훔치는 / 나는 이렇게 낮아져버렸구나"(「니가 곁에 없어서 좋다」)라는 구절에서 알 수 있듯이, 자신이 가장 고통스러웠던 시간을 낮은 자리로 치환해 표현한다.

뒤의 시 「무게」는 이 가난의 시간이 여전히 시인의 세계 인식에 큰 영향을 미치고 있음을 보여준다. 시인은 고수부지에서 혼자 흔들리는 롤링 웨이스트를 보며 "일곱 관 과일을 이고 / 삼십 리를 걸어 / 시장 어귀"로 가는 어머니를 떠올린다. "먼 길 가신 어머니의 / 일곱 관 과일이 너무 무겁다"라는 표현에서 알 수 있듯이 이 기억은 과거형이 아니라 지금 이 자리에 현재형으로 살아 있다. "중심에서 떠나지 않고 / 롤링 웨이스트를 밀고 / 나를 밀어주고 있다"라는 표현에서 알 수 있듯이 어머니가 이고 있는 "일곱 관 과일"은 내 삶의 중심이자, 나의 현재를 추동하는 힘이다. 시의 제목을 움직임에 관한 단어가 아닌, "무게"로 삼은 것도 이 때문일 것이다. 시인이 "나비 날개를 닮은 갑상선" 수술을 한 경험을 담은 시 「갑상선 수술」에서 "도시가 내려다보이는 도서관에서 / 늘 허기를 느꼈던 것"과 "태어났던 마을을 벗어나 / 다른 지평에 발 딛고자 했던 것"을 떠올리며 "내 목에 머물러 / 비상을 꿈꾸던 나비의 / 날개를 잘라버린 이유"를 참구하는 것은, 어머니가 매일 이고 삼십 리 길을 간 "일곱 관 과일"이 여전한 무게로 살아 있다는 것을 잘 보여준다.

3. 공감과 연민의 시학

가난의 시간과 낮음에 대한 고찰, 그리고 여전히 머리 위에 놓인 일곱 관 과일은 같은 시간, 또는 같은 체험을 공유한 사람들에 대한 공감과 연민으로 확산되고 있다.

학교도 못 가고
취직도 못 한 내가
쫓겨 든 서울의 한 골목

좁은 자취방 허연 한기 옆에
할딱이는 생명 하나가
바깥벽에 붙어 있다

누군가의 발자국 소리
떨리는 심장 소리, 가쁜 호흡이 벽을 타고 넘어왔다

산동네 고샅길로
월부 책을 팔러 다니던 고단한 나도
숨이 차다

벽의 안과 밖에서

우리는 생의 한 시점을 견디고 있다

데모하다 수배된 학생이었을까
지갑을 훔치다 들킨 소매치기였을까

다급한 호루라기 소리
발자국 소리 불안한 숨소리
같이 다독이다 새벽이 오고

서둘러 나가본 골목은
아무에게도 관심이 없다
—「골목」 전문

위의 작품에서 "학교도 못 가고 / 취직도 못 한" 채 서울의 한 골목 좁은 자취방에 사는 젊은 날의 시인은 어느 날 자취방 바깥벽에 붙어 있는 "할딱이는 생명 하나"를 느낀다. 시인과 생명 하나의 공통점은 함께 "숨이 차다"는 것, "벽의 안과 밖에서" 함께 "생의 한 시점을 견디고 있다"는 것이다. 지금 젊은 시인에게 그 생명이 수배 학생이냐, 소매치기냐는 그리 중요하지 않다. 지금 함께 삶이 숨이 차다는 것과 함께 생의 한 지점을 견디고 있다는 것이 중요할 뿐이다. 시인의 공감 능력은 신분의 차이와 분별을 가볍게 넘어선다. 단지 이 공감의 바깥, 즉 "아무에게도 관심이 없"는, 이 무심한 세계와의 단절이 허전할 뿐이다.

시인의 공감 능력은 공직에 있으면서 만난 이웃들에 대한 연민으로 확장된다. "영감 수술 바라지에 / 희망 근로 출근부 / 이가 여럿 빠"(「이금옥 여사 」)진 노인이나, 관리기 한 대 를 지원받은 고마움을 표하기 위해 "바닥에 깔던 비닐에 / 둘둘 말린 시금치 한 단을 / 얼른 안겨주고"(「시금치 한 단」) 간 아주머니 등 그의 연민은 가난과 병으로 인해 낮은 자리에서 고통받고 있는 이들을 향한다. 앞서 인용한 시들이 가난한 이웃들을 다룬 시들이라면, 어린 아들을 두고 하직을 앞둔 젊은 이장을 그린 시「마지막 인사」와, 요양병원에서 삶을 마감한 시골 노인을 다룬 시「외국 병」등은 아픈 이웃들을 향한 연민의 시들이다. 가난의 시간을 보여주는 작품들과 함께 이번 시집의 많은 부분을 차지하고 있는 이 공감과 연민의 시들은 서로를 견인하며 시집이 긴장과 균형을 이루는 데 힘이 되고 있다.

4. 변검과 자화상

긴 가난의 시간을 통해 자신을 낮은 자리에 놓아보고, 이를 통해 가난하고 아픈 이웃들을 향한 공감과 연민을

확장해온 시인은 자신의 정체성과 삶의 본 모습에 대한 질문을 담은 시들을 낳는다.

시청 강당 단상 위로
수많은 눈이 스포트라이트를 보낸다

석고상처럼 경직된 수상자들이
고장 난 로봇처럼 어색하다

봉사상을 받는 저 아주머니
슬픈 일 많았던 듯
얼굴에 근심 가득하다

하나둘 셋
기념사진을 찍는 순간

하회탈이 되었다가 순식간에
슬픈 석고상으로 되돌아왔다

얼마나 많은 탈을 벗어내야만
아주머니와 나는
본래의 얼굴로 돌아갈 것인지

—「변검」 전문

위의 작품에서 시인의 눈길이 가 있는 곳은 수상자들의 면면이 아니라 "봉사상을 받는 저 아주머니"의 얼굴에 배어 있는 "근심"이다. 앞서 인용한 시 「골목」에서 이미 보았듯이, 시인의 공감 능력은 신분이나 외형적 모습을 떠나 대상의 내면으로 바로 직진하는 힘이 있다. 이 작품에서도 시인은 "하회탈"과 "슬픈 석고상" 사이의 간극을 간파하고 "본래의 얼굴"에 대한 질문을 던진다. 그리고 그 질문은 곧장 시인 자신으로도 향한다.

시인은 수평선을 소재로 삼은 시에서 "가고 있는 것 / 가면 안 되는 것 // 그래서 / 움직이지 않는 수면 // 도대체 이 마음은 무엇"(「수평선」)이라고 노래한 바 있다. 이 시의 앞부분에서 묘사한 수평선에 대한 심상은 똑같은 소재를 다룬 다른 시들과 크게 다르지 않으나 인용한 구절은 색다른 데가 있다. 수평선을 두고 "가고 있는 것"과 "가면 안 되는 것"들의 " 팽팽한 긴장"으로 묘사하고 있기 때문이다. 위의 시를 빌리면, 이 긴장은 "본래의 얼굴"로 돌아가고자 하는 고투 속에서 나온 것이 아닐까. 다음 시는 이 고투가 빚어낸, 이번 시집에서 가장 빛나는 시들 중 하나이다.

그해
옥희 언니 집에서
속눈썹 가발을 만드는 수공 일을 했다

얇은 줄 양쪽을 고정된 대에 걸고
그 줄에
머리카락을 매달았다

머리에 코가 달린 바늘로
조심조심 머리카락을 떠 걸어가다 보면
줄은 어김없이 끊어지고 말았다

하루 종일
공을 들여도
눈꺼풀 한쪽이 완성되지 않았다

줄이 끊어지는 순간
해도 해도 벗어나지 못하던
어린 시절의 가난처럼 무력해지기만 했다

손은 아직
그 감각을 기억하고 있다

애를 쓰면 쓸수록
줄은 나를 견디지 못하곤 했다

그 줄을 잦바듬히 잡고 지금까지 왔다
그러나 가끔 삶은 파르르 떨며 끊기기도 했다
—「줄」 전문

위의 시는 "해도 해도 벗어나지 못하던 / 어린 시절의 가난"을 지나온 시인의 삶을, 시인의 자화상을 차분하고 진솔하게 그려낸 작품이다. 시인이 그려낸 "줄"은 곧 시인이 지나온 시간이자 세계이고, 이 줄을 잡고 느껴온 시인의 "감각"은 곧 시인의 세계관이자 자화상이 되었다. 시인이 "본래의 모습"에 대한 질문을 던지고, "가면 안 되는 것"에 관하여 노래하는 것은 우리의 삶이 이 줄과 같다는 것을 일찍이 체화했기 때문일 것이다.

대부분의 시인들이 자신이 걸어온 길과, 그 길이 만들어낸 자신의 모습을 한 편의 시 속에 담아내고자 하는 노력을 기울이지만, 실제 자신이 원하는 만큼의 성공을 거둔 작품은 그리 많지 않다. 첫 시집에서 이처럼 차분하고, 이처럼 진솔한 자화상을 그려낸 시인이 부러운 까닭도 바로 여기에 있다.

버릇처럼 그리운것

1판 1쇄 발행	2021년 10월 30일
지은이	이순남
발행인	윤미소
발행처	(주)달아실출판사
책임편집	박제영
디자인	전형근
마케팅	배상휘
법률자문	김용진
주소	강원도 춘천시 춘천로 257, 2층
전화	033-241-7661
팩스	033-241-7662
이메일	dalasilmoongo@naver.com
출판등록	2016년 12월 30일 제494호

ISBN 979-11-91668-16-2 03810

* 잘못된 책은 구입한 곳에서 바꿔드립니다.
* 책값은 뒤표지에 표시되어 있습니다.
* 이 책은 강원문화재단의 후원으로 제작되었습니다